불시착했습니다

# 불시착했습니다

**발행일**   2022년 2월 21일

**지은이**   이청연                                         **삽화**   김영서, 신다온
**펴낸이**   손형국
**펴낸곳**   (주)북랩
**편집인**   선일영                                         **편집**   정두철, 배진용, 김현아, 박준, 장하영
**디자인**   이현수, 김민하, 허지혜, 안유경                    **제작**   박기성, 황동현, 구성우, 권태련
**마케팅**   김회란, 박진관
**출판등록**   2004. 12. 1(제2012-000051호)
**주소**   서울특별시 금천구 가산디지털 1로 168, 우림라이온스밸리 B동 B113~114호, C동 B101호
**홈페이지**   www.book.co.kr
**전화번호**   (02)2026-5777                                  **팩스**   (02)2026-5747

ISBN   979-11-6836-142-3 03810 (종이책)         979-11-6836-143-0 05810 (전자책)

---

**(주)북랩** 성공출판의 파트너

북랩 홈페이지와 패밀리 사이트에서 다양한 출판 솔루션을 만나 보세요!

**홈페이지** book.co.kr   •   **블로그** blog.naver.com/essaybook   •   **출판문의** book@book.co.kr

---

**작가 연락처 문의 ▶ ask.book.co.kr**

작가 연락처는 개인정보이므로 북랩에서 알려드릴 수 없습니다.

불
시
착
했
습
니
다

너랑 나만 아는 그 별이 불에 다 타버릴 때까지

이청연 시집

북랩 book Lab

나의 꿈에 당신이 불시착한다면
수백 광년을 날아온 고생을 봐서라도
차 한잔 내드릴게요


어디로 헤엄쳐 가시렵니까
쪽배 한 장 접어 띄워드릴게요


당신은 수영을 못하니까

## 차 례

파아란하아늘으은하수우

내가 울면 네가 무너지고
내가 넘어지면 네가 손 잡아주던

# 내게 네가

너는 나야? 너야?
내가 너 없이 살 수 없는 건 네가 더 잘 알잖아

아니 그것도 아니면
나는 너한테 뭐야?

너는 나를 사랑이라고 부르면서
나는 왜 너를 부를 수가 없는 거야

네가 사랑뿐인 사람이라 다행인 건지
사랑 빼면 시체에 불과하니 불행인 건지

## 누군가에게는 아무것도 아닌

그래 결국 들어보면 나랑 자겠다는 얘기
나는 그렇게 살아와서 모르겠어

있지도 않은 추억인데
소중하게 접었다 펴는 일

그거밖엔 없든 그게 전부든 인생이라서

# 내가 하는 것

우습게 들릴진 몰라도 결국 이건 다 사랑이고

내가 이런 나날들도 버텨가며
하루하루 살아가는 건

그래 결국 다 사랑이었기 때문에

# 저 깊은 곳에

타들어가는 게 내 속인 줄 알았는데…

그게 다 너였구나

나는 끝도 없이

나는 끝도 없이 너에게로 스며들어

내 모든 눈물 다 핥아 올리면
볼 위로 죽죽 그어져 내린 사랑 자국

짜고 달고 시고 쓰고 아름답구나

너는

# 이미 나는

우리에게 사랑이 없다면 빌어먹을,
곧 썩어 없어질 육신만 남겠지

너와 나는 사랑뿐인 사람이라
서로가 더 필요한 건지도 몰라

이미 우린 그걸 너무 잘 알지

# 초신성

너는 아무렇지도 않게
정말 아무렇지도 않게

나를 떠나가 반짝반짝 사라져가는 거다

나는 너로 인해 태어나
너로 인해 죽어간다

너는 그게 아깝지도 않은지
한 순간, 정말 한 순간에

너는 내가 멸망해 버리는 과정을
가까이서 지켜본다
그런 너의 눈이 또 반짝반짝, 아름답게도

한 사람이 태어나고 무너지며 일어나고

결국 망가져 버리는

그 과정을 담아내는 너의 눈이

또 반짝반짝, 사랑스럽게도

# 너의 죽음

나도 모르던 사랑이 흐르고 흘러
내 손바닥을 적셨다
시들어진 사랑 앞에 주저앉아
두서없이 너에게 편지를 보낸다

나는 지금도 내가 나약하다고 생각하는데
그 옛날엔 네 앞에만 서면 나는 겁도 없었지

우리 제 몸 하나 못 가누면서도
서로 하나 붙들겠다고 몇 번이고 일어섰다

우리는 구원이었고 방황만 할 줄 알았던
서로의 길에 촛불 하나 건네어 준 사랑이었다

이제 익숙해질 만도 한데
사랑이라는 감정 하나로

매일같이 낯설고 무섭네

그래도 우리는 언제 그랬냐는 듯이 일상으로 돌아가
겠지

한 가지 다른 점이 있다면
서로가 사라진 채로

그럼에도 불구하고 우리는
기어이 살아갈 수밖에 없으니까

안 보이는 곳에서 울고 있을 우리를 위로하며
하루하루 그렇게 버텨가는 거야

잘 있어라, 내 사랑아
무너져 내린 사랑 앞에
무릎 꿇고 용서를 구한다

# 하이퍼리얼리즘

사랑이라 불려온 게 희생이었고
절망이라 불렀던 게 사랑이었네

人

처음부터 눈에 담아두지 않았으면 되었을 걸
머릿속에 가슴속에 넣어두고 습관처럼 꺼내봤다


지우려고 해도 그게 얼마나 오래된 건지
주름지듯 구겨져도 핏줄로 새겨지고 매일같이 박동
한다


아직 살아있다고 증명하고 싶은 건지
온몸 가득 울려 퍼지는


너는 나

# 영원히 DANCE

너와 춤을 추는 건 괴롭고 아프고 외로울 테지

그럼에도 발 끝이 닳도록
앞꿈치서 피가 나도록

너와 영원히 댄스 댄스 댄스

원 모어 타임

# 한량처럼

귀에 이어폰을 콱 틀어박았다. 바깥의 소음이 완벽히 차단되도록. 욕설이 난무하는 힙합 장르의 곡을 틀고 볼륨을 키운 후 가사를 읽어가며 노래에 빠져들었다. 신나는 반주에 찰지게 내뱉어진 욕을 한참 들으니 그 대상이 누군지는 몰라도 속이 다 후련했다. 스트레스를 푸는 데에 제일 확실한 방법이기도 하다. 한창 멍을 때리던 중 3분 29초의 힙합 노래는 끝이 나고 피아노 반주의 잔잔한 발라드가 자동 재생으로 흘러나왔다. 머릿속으로 욕을 따라 부르며 곱씹던 나는 금세 밀려온 우울에 흠뻑 젖어들었다. 그제야 바깥의 소음에 점점 귀를 기울일 수 있게 되었다. 때마침 비가 내리기 시작했고 내가 빗소리에 집중하기 시작한 순간부터 그것은 이미 장마였다.

창문을 때리는 빗방울에 나는 내가 맞은 것처럼 울어댔다.

# 애플 마티니

네가 날 모조리 마셔버린 후에야
나는 잠에 든다

너는 날 찢어발겨라 그리곤 씹어 삼켜라

그러면 내가 너의 온몸을 돌아다니며
너의 심장을 간질간질

사랑이란 이름으로 너의 목이 따끔따끔
네 마음에 무언가 폭신 내려앉은 기분

너의 머릿속에서 내가 빙글빙글
너는 나를 떠올리며 어질어질하게

핏줄 하나하나 내가 스민 상태로
너는 또 비틀비틀 살아가네

# 부적

넌 항상 날 나약하게 만들지

내가 바람에 팔랑팔랑 떠밀려가도
그러다 바닥에 툭 내려앉아도 쳐다만 본다

내가 안간힘 써 너에게 닿으면 그제야 너는
나를 조각조각 접고 찢고 접고 찢고
또 접고 찢어

손바닥에 모아놓고 후 날려 보낸다

# 인공

내 뇌가 더럽혀졌어요
느낌이 이상해요

피로? 눈물로?
어쩌면 그게 더 깨끗할 수도 있지

나는 우울감에 흠뻑 젖어든
뇌를 참을 수 없어서
한참을 죽은 듯이 누워 있었다

손을 들어 마른세수를 하고 나니
시야에 들어오는 온 세상이 빨갛다

그래서 내 앞의 너도 온통 빨강 빨강 빨강

이제야 모든 게 아름다워 보이는 거다

그때야 비로소 내가 널 사랑하고 있음을 느꼈다

# 부자연

마음이라는 곳부터 심장까지,
심장이라는 것에서 온몸으로
이 저릿한 느낌이 피를 타고 온몸을 더럽히지

그런데도 난 그게 어쩐지 슬퍼 보여서
몸 둘 바를 모르겠어

이런 건 어떻게 해야 하지?

내가 어째서 이런 감정을 느껴야 돼?
하여간 인간들이란

생각에 잠기면 끝도 없이 가라앉지
난 그게 너무 피곤해서 견딜 수 없다

밤새도록 피는 돌고 돌고 돌아서
이걸 빼내려면 어떻게 해야 하지?

나는 잠에 들 수도 없어서
눈만 감고 가만히 누웠다

가장 고통스러운 곳을 꼽자면
심장이고, 마음이라는 곳인데

내 마음은 심장과 가장 먼 곳에 있다

근데 그 둘이 동시에 박동하면
저릿한 느낌이야

그럼 그게 온몸에 가득 차버려서
난 아무것도 못 해

손끝이 진동하듯이 덜덜 떨리는데
나는 아무것도 할 수가 없네요

이게 다 마음에 들어서 그런 거겠지?

나 이상해요, 심장이 다른 곳에 달려 있어
심장이 있어야 할 곳에 뇌가 두근두근
그럼 나는 심장으로 생각을 하나

내 마음은 그래도 정상이네요
이 모든 게 더럽고 혐오스러워서
견딜 수가 없습니다

잘못은 나만 하나?
차라리 다행이네요
그래서 다행입니다

## 알아요

니 팔자 니가 꼬는 거다 그래도 나는 너 사랑하고 너
는 알면서도 뭐가 그리 무서워서 불안해하고 나는 알
면서도 너를 더 나락으로 빠트리고

# 무덤

네가 떠난 게 뭐 그리 큰일이라고
그러면서도 이대로 영영 끝이면
어쩌나 걱정한다

차갑게 식은 나를 한 번만 돌아봐준다면
나는 다시 그때처럼 따듯해질 수 있는데

네가 날 어루만진 모양대로
이미 내 마음이 굳어져서
너 아니면 이 마음에 들어맞는 사람이 없다

그건 아니
네가 떠나는 건 나에게
세상이 무너지는 것도
큰 슬픔이 휘몰아치는 것도 아니야

그냥 내 존재 자체가 사라지는 거다

너는 집이라 부르던 나를 두고
어디로 가는 거야

나는 이제 이 세상에 없는 사람
너에게 지나치는 먼지 한 톨도
될 수 없는 사람

# 누구나 한 번쯤은

선생님 선생님은 기억할지 모르겠지만 아니 선생님은 이미 잊은 지 오래겠지만 혹시나 해서 물어보는 건데 그날 기억나요? 내가 쫄쫄 굶고 빈속에 담배 태워서 어지러워 하니까 선생님이 김밥에 보리차 사다주셨잖아요 같이 예능 보면서 밥 먹고 조각케이크 나눠 먹으면서 시시콜콜하게 집값 얘기 주식시장 얘기나 하고 같이 담배 피우면서 영양가 없는 얘기만 하고 나는 그거 너무 좋았어요 선생님이랑 일주일에 한 번 만나는 그날 저는 그거 하나 보고 버텼어요 마지막 날에는 라이터 없다니까 잠깐 고민하다가 그냥 가지라고 주셨잖아요 저 그거 혹시라도 잃어버릴까봐 이름 스티커 붙여놓고 소중하게 들고 다녔어요 근데 이제 불이 더 안 나오더라구요 근데 난 왜 버리질 못할까요 저 아직도 서랍에 그거 간직하고 있는데 저 찌질해 보여요? 선생님은 나를 애새끼로 보고 제자 이상도 이하도 아니라고 생각하겠지만 나는 그래서 선생님이 했던 말 다 기억해요 선생님 여자친구는 154라면서 내가 162라는 말에 왜 이렇게 크냐고 놀라고 내가 반응이 재밌다면서 맨날 놀리고 장난치고 토라지면 무시하는 척해 놓고 귀엽다고 중얼거리는 거 다 들었어요 눈 마주치면 피식 웃으면서 시선 돌리는 거 다 알았는데 내가 이런 생각한 거 알면 선생님은 한숨 쉬겠죠 선생님은 보기와 다르게 공과 사 구분은 철저하니까요 내가 선생님 볼 때마다 유독 산만하면서도 수줍음 타던 거 선생님은 눈치 빠르니까 알았을 수도 있겠죠 그래도 선생님은 이런 거 구분 철저히 하니까 모른 척한 거겠죠 내가 이런 말해서 미안해요 선생님은 그래도 나 좀 이해해주면 안 되나요 선생님 저 알잖아요 약해 빠져가지고 매일 계단 오르내리면서 휘청거리고 문 하나 제대로 여닫지도 못해서 버벅거리면 어이없다는 듯이 쳐다보셨잖아요 제가 그때 눈을 피한 건요 눈물 날 거 같아서요 제가 그때 고개 돌리고 한숨 쉬었던 건요 선생님 얼굴만 보면 고백하고 싶어져서요 선생님은 한심하다는 듯이 쳐다보면서 말하겠죠 정신 차려 내가 이런 말해서 미안해요 선생님은 그래도 나 좀 이해해주면 안 되나요 선생님 저 알잖아요 산전수전 다 겪은 척하면서 속으로 혼자 끙끙 앓고 힘든 이거나 기요 안심하게 사는 저를 혼

내고 가끔은 답지 않게 칭찬해주고 그날들이 너무 그리워요 작업실 이사하면 놀러오라고 했잖아요 그런 말들으면 저는 진짜 가고 싶어져요 당장 달려가서 보고싶어져요 시간 되면 저 술이나 사주세요 같이 술이나한잔하면 포기가 될까요 정 안 되면 한 번만 자주세요그러면 미련 버릴 수 있을 거 같아서요 내가 이런 말해서 미안해요 나랑 같이 카페도 가고 밥도 먹고 술도 마셔요 뭐 어때요 선생님 나 여자로 안 보잖아요 선생님은 여자친구도 있잖아요 저는 어리잖아요 원래 어릴때 다들 선생님 한 번씩 좋아해보고 그런 거 있잖아요저도 그런 거예요 그니까 선생님 모른 척 한 번만 넘어가줘요 우리 그냥 사제지간이잖아요 맞죠 저는 선생님사랑해요 근데 선생님은 아니잖아요 선생님 눈치 빠른거 저도 알죠 근데 이번 한 번만 눈치 없는 척 넘어가줘요 그리고 나 매몰차게 차버리세요 나는 너 여자로안 보여

# 반려 인간

내가 하루 바빴다고
그새 야윈 모습으로 나를 빤히 바라보면
나는 큰 짐을 머리에 이고
살아가는 기분이 든다

너는 내 손길이 없으면 금방 흐트러져버리고
나는 그걸 알면서도 가끔은 외면했고
너는 그걸 알면서도
오히려 더 내게 다가와 힘없이 기대지

나 마음 약한 거 알고 일부러 그러는 거야?
너도 진짜 보통 아니야 알지?

벌써부터 나는 너 없는 날이 두려워진다

# 항(抗)

의사 선생님

저는 그때 그날이 아주 오래전 일이라도 된 것처럼 느껴져서요. 기억이 흐려진 것도 아닌데 그냥 그게 그렇게 옛날 일 같아요. 그날에서 너무 멀리 와버린 것 같아요.

의사선생님

저는 사실 잠을 잘 못 자는 게 아니에요. 약효도 정말 잘 나타나고요. 수면제도 이미 충분해요. 근데 약으로만 배를 채우려니까 속이 메스꺼워요. 그게 다예요.

이 말을 하면 저를 혼내시겠죠.

# 반려 인간 2

몸만 커서는 감정을 제대로
숨기는 방법도 모르는 너

왜 그런 표정을 지어서
내 마음을 아프게 하니

그래도 나는 그렇게 솔직한 네가 좋아

한없이 여리고 착해 빠진 내 사랑

그렇게 평생 내 곁에서
함께 우울하고 불행하고
그러다가 주름이 자글자글해지면
그때 함께 떠나자

~~어디든 너만 있으면 그게 지옥이든 불구덩이든~~

# 진심

창문을 열면 쏟아져 내리는 눈들
겨울 속 차게 언 외침은
너를 지독하게 괴롭힌다

상식은 상황 앞에 압도 되는 법
끝을 모르고 압도되기만 했던
상식이 깨진 순간

나의 진심은 눈물 앞에 주체할 줄 모르고 흘러내렸다

# 거울

너무 오랜만인데 반갑지가 않아요

너무 오랜만이라서 그런가
반갑지가 않았나 봐요

어차피 또 그리워할 거면서

그런데 내가 처음 보는 모습을 한
당신을 보는 건 힘들어요

내가 없는 시간동안 내가 모르는 모습으로
또 다른 나와 함께 있었나요

나중에 봐요

○○

여름의 끝에서 수면 위로 떠오른 건 사랑

나는 그게 좋아서 내일도
까짓것 살아 보기로 했다

# 유서

이 모든 게 나에게 찾아온 건 비극이다
하지만 난 그 이름을 지우고
사랑이라 고쳐 썼다

너로 인해 망가져가는 나를 봐
이런 게 바로 사랑 아닐까?

나를 버리고 태우고 죽이더라도
나를 잊지만 말아 달라 부탁했다

어쩌면 다른 게 아니라 이런 게 바로
'사랑'을 '한다'는 것 아닐까

그래서 네가 나를 잊겠다 했을 때
나는 진정 죽어도 좋겠다고 생각했다

# 표류기

죽음이 두려오면 이곳으로 와

곳곳에 너의 모든 게 살아 숨 쉬던
너와 나의 작은 섬

나의 사랑이 쏟아져 가라앉아버릴
위기에 처한 가엾은 나의 너의 작은 섬

내 삶의 터전이자 이유였던
이젠 너에게 안식처가 되어줄

너의 나의 작은 섬

# 비방

넌 항상 날 나약하게 만들지

나 요즘 잠이 안 와
잠을 자도 꿈에 네가 나와

문득 거울을 봤는데
네가 내 뒤에 서 있는 거 같아서

...

넌 항상 날 나약하게 만들지

# 이걸 드립니다

그 사랑은 단지 네가
나에게 스며들었을 뿐이었고
내가 너에게 더욱 흠뻑
젖어들었기 때문이었다

100000000t

손끝에 잡힌 사랑이 무거워 너를 못 놓는다
떨어트렸다가 네가 다치기라도 할까봐

내 세상은 무너지고 내핵까지 파고들어
나는 너를 안고 끝도 없이 추락했다

愛

나 손가락 다쳤어요 피 나요 왜 웃어요 나 아픈데
나 사랑한다면서요 나 사랑해요? 호 해주세요 나 너
무 아파요 그래도 안 울었어요 잘했죠 칭찬해줘요 쓰다
듬어줘요 내 머리 이렇게 막 하면서 웃어줘요 좋아해요
미안해요 아 밴드 붙일 필요까지 없는데 고마워요 이
래서 내가 좋아하는 거예요 웃지 마요 울지 마요 미안
해요 근데 호 한 번만 더 해줘요 나 아파요 담배 끊었
나봐요 고마워요 봐요 진짜 내가 해달라는 대로 다 해
주면서 나 사랑해요? 째려보지 마요 화내지도 못할 거
면서 나보고 애 같다고 하지 마요 자기가 더 유치하면
서 그래도 나 사랑해요? 안아줘요 그냥 전화해본 거였
는데 진짜 나올 줄 몰랐어요 발 안 시려워요? 고마워요
아 놓지 마요 손 잡아줘요 너무 꽉 잡지 마요 그래도 좋
아해요 고마워요 손이 왜 이렇게 따뜻해요 어디 가요
나 집 안 갈 건데 아직 밤 11시잖아요 안 늦었어요 알
겠어요 여기 두 바퀴만 더 돌아요 고마워요 좋아해요

# 찌질하게

나에게 보이는 너의 모습들은
하나같이 애 같아

난 그 얼굴을 볼 자신이 없어

소매를 비비적대며 불안해하는 모습도
고개를 푹 숙이고 미안하다며
눈물 흘리던 모습도

내가 너한테만 약해지고 예민해지는 거
너는 다 알고 있지
그래서 그러는 거지

밤만 되면 그게 머릿속을 헤집고 다녀서
난 잠도 못 잔다

## 나와 너를

사랑이 태어난 순간 허공에 너와 나를
우리라 칭하며 비루한 감정을 수억 번도 외쳤다

9

내가 미련이 남았냐는 말에
선뜻 대답하지 못한 건

말끔히 정리할 수 없는 게 마음이라서

계속 네 뒷모습만 들여다보고 있는 거야

야 니가 뭘 알어 나도 힘들어
너도 힘들지 내가 미안해

V

아직 사랑인가
이것도 사랑인가

너한텐 이게 사랑이야?
나한텐 이게 사랑이 아니야

니가 더 잘 알면서
니가 알려준 거면서

이거 사랑 아니잖아
사랑해 본 적 없잖아

행

니가 불행하길 바라는 건 내가 나빠서 그래
근데 걔가 불행하길 바라는 건 당연한 거야

나는 이 세상에 너랑 나 둘만 남아서
서로를 사랑할 수밖에 없었으면 좋겠어

나를왜이렇게힘들게해나를왜이렇게아프게해나를왜
이렇게괴롭혀넌나를죽이려고작정한것같아

니가 나를 구석에 처박아 두고 떠났어

다시 돌아와서 나를 찾아도
이미 난 거기 없을걸

저는 바람 타고 날아가는 수만 개의 조각이 되었습
니다

?

착한 사람이 되고 싶어요
금연할 거고요
금주도 할 거예요
겉모습이 예쁘면 좋겠지만
속마음이 예뻐졌으면 좋겠어요
좋은 친구도 많이 만나고
좋은 친구도 되어주고 싶어요
작은 행복에도 감사할 줄 아는 사람이 되고 싶어요
성공을 하고 싶어요

열심히 노력할게요
소원을 들어주세요

저는 사람이 되고 싶어요

# 충돌

있잖아?나?할말?있어?아?잠시만?아냐?아무것도?아냐?신경?쓰지?마?미안?내가?오늘?상태가?좋지?않아?미안해?아니야?내가?연락할게?그래?내일?보자?내일?…?보자?연락?줘?기다릴게?알겠어?

# 이렇게 된 거

나 너 싫어해 진짜 최악이야 너 마주칠 때마다 불편했
어 솔직히 진짜 짜증났는데 차라리 다행이다 이렇게라
도 말하게 돼서 다신 보지 말자 그래 연락하지 마 찾아
오지도 말고 우연히라도 마주치지 않게 해줘 그래 잘
지내라 안녕

# 겁쟁이래요

팔로 눈을 가리고 침대에 기대 누워
홀쩍거리기를 여러 번

차라리 울 수라도 있으면 좋을 텐데
이렇게 힘들 줄 알았으면
눈물을 좀 아껴뒀을 텐데

온몸이 바짝 말라서는 이제 울 수조차 없었다

너 떠나는 거에 내 평생치
용기와 의지를 쏟아부어버려서

이젠 내 맘대로 되는 게 하나 없다

## 바람바람

나는 입김 한 번 분 적 없는데
손 대면 부서질 것처럼 흔들리네요

근데 그래서 내가 좋아하는 건가 봐요

세상 누구보다 단단하게 빛나던 사람이
내 앞에만 서면 이리저리 비틀대며
무너질 것 같은 게

그래서 내가 사랑하나 봐요

나를 위해 무너지고 부서지고
가라앉길 바라요

공

텅 빈 하품이 허공을 맴돌다
방 안에 울려 퍼졌다
눈물은 계속 고이는데 잠에 들지는 못하고

내눈앞에서사라져내눈앞에서사라져내눈앞에서

후

# 전화해

나 헤어질까? 아니 이유는 묻지 말고 어어 별거 아니야 그냥 물어보는 거야 야 기대하지 마 내가 너랑 사귀겠냐 정신 차려 그냥 물어보는 거라니까 됐다 내가 너랑 무슨 얘기를 해 아 삐치지 마라 아무튼 그냥 좀 이게 맞나 싶어서 그래 헤어질까? 사귄 지 몇 년인데 좀 아깝긴 하다 나쁜 놈이라니 걔도 나한테 마음 다 식었을 걸 그냥 정이지 정 야 원래 다 그러고 살아 사랑이 영원하네 어쩌네 그런 거 다 영화나 드라마라서 가능한 거지 너 드라마 좀 그만 보라고 했지 아 맞아 근데 니가 추천해준 넷플릭스는 다 봤다 재밌긴 하더라 내가 애냐 그런 거 보고 설레게 거기 대사들이 웃기더라 지금 몇 시냐 아 너 못 나오려나 아니야 춥다 그냥 집에 있어 나 보인다고? 거짓말하지 마 아 보인다 손 흔들어봐 잠시만 사진 좀 찍을게 브이해봐 진짜 애냐 엄청 좋아하네 지금 문자로 보내줄게 아 기다려봐 귀엽게 나왔어 어 그래 야 창문 닫아 찬 바람 들어가 감기 걸렸다

고 징징거리지나 말고 빨리 닫아 나 이제 들어갈게 내
일쯤 연락될걸 그래 잘 자고 응 이따가 되면 알겠어 자
라 끊는다 아 뭘 또 인사를 해 됐지? 빨리 창문 닫아
얼른 자 끊을게

그래 내일 전화해

# 방몽록

여기 이거 두고 갑니다

한 번 보고 그냥 태워 버려요

[나에게온모든것들을사랑하기위해나는떠난다남겨진것들이사랑받길바라며

나는떠난다]

# 다다다다음

언젠가 또 마주치자 우연히 마주치자

그럼 그땐 함께하자

운명이라고 생각하자

그 겨울에 같이 듣던 노래도
그 겨울에 다시 들어보자

# 이걸 받았습니다

너에게 받았던 꽃은 모두 조화였다

조화는 시들지 않아
하지만 진짜 꽃이 아니라는 걸 명심하렴

겉으로는 진짜 사랑의 모습을 하고 있어도
속으로는 다른 사람을 사랑하고 있을지도

# 오늘의 일기

아 금요일에 쓰려던 걸 깜빡해서 이제야 쓰네

글쎄 무슨 말을 쓰려던 것인지도
잊어버린 상태라
횡설수설할지라도 나중에 읽으면
또 그거대로 재미가 있을 거야

가슴 아픈 짝사랑 같은 거
이제 그만둘 때도 됐다고 생각하지만
내가 어떻게 해야 할지 모르겠는 건 사실이야
이 짓은 평생을 해왔어도
익숙해지질 않네 무서워

사람은 같은 실수를 반복한다는 말이
꼭 나 자체인 거 같아
미련해 보이겠지 나도 인정해 나도 알아

슬픈 노래 가사에 공감하면서 눈물을 흘리고
눈물을 하도 쥐어짜내서 더 나오지도 않을 땐
그게 괜히 더 서러워서 속으로 오열을 했다

니가 알까? 넌 알겠지
넌 무서운 사람이야

언젠가 내가 너에게
이 말을 직접 할 수 있는 날이 온다면
아… 그런 날이 온다면 좋겠다

나의 짝사랑 따위가 맞사랑으로 번졌을 때
이 글을 꼭 너에게 보여주고 싶다

시간 늦었는데 나 이만 잘래 또 쓴다 안녕

☆

오늘따라 더 네가 생각나네
너도 내 생각하느라 잠 안 오지?

나도 너 너무 보고 싶어
그럼 우리 거기서 만나자

언젠가 우주선이 개발되면 가기로 했던
그 행성인지 별인지 있잖아

또 보자 안녕 내 사랑

# 경험담

나는 나도 모르는 사이에 너무 많은 것들을 사랑하
면서 살아 왔어요

이제 보내줄 때도 된 거 같아서

그게 맘처럼 되질 않으니까 문제지

그래도 안녕

사랑해사랑해사랑해너만을

사랑의 또 다른 이름이 증오라면
나는 너에게 당당히 증오한다고 말할 수 있을까

.

너의 생각을 내 머릿 속에서 닫아버렸다

새어나오지 않게 마침표로 걸어 잠가두었다

# 연

아주 오래 전 일이라 나도 기억이 좀 흐릿한데

어느 날 네가 갑자기 헤론 프레스톤 티를
입고 와서 그랬지
여기 그려진 학 두 마리가 꼭 우리 같아

그때는 그 말뜻이 이해가 안 됐다

그래서 그냥 네가 막 웃길래
나도 아무렇게나 따라서 웃었어

그때 그 말을 한 이유가 뭐야?

나는 사실 아직도 이해가 잘 안 된다

근데 그때처럼 웃지도 못하겠다

이제 옆에서 웃는 네가 없으니까

나는 걔네가 너무 슬퍼 보이던데

너도 우리가 슬퍼 보였어?

# 그날

야 나 너 때문에 진짜 힘들다

너 한 번 마주치려고 이 공원 하루에 몇 번이나 오는
줄 알아?

환경미화원 아저씨가 나 여기서 노숙하는 줄 알더라

차라리 노숙이라도 할까?

여기 너 집 근처면서 어떻게 일 초라도 보이질 않냐

나 너 보면 우연히 마주친 척하려고
할 말이랑 대사까지 다 짰났는데

여기다가 이거 붙여놓으면
니가 지나가다가 볼까 싶어서

새벽에 포스트잇 들고 나와서 이러고 있어

나 이제 더 안 올 거니까 너 맘대로 해
니가 이겼다

맘껏 산책해 맘껏 운동해 맘껏 놀아
새 애인 데리고 와서 데이트도 해

잘 지내라

너의

-나는 왜 이 모양일까

네 모양이 어떤데
난 네 모양이 좋은데 왜 그래

號

너는 그때의 내가 참 찌질하다고 비웃었겠지

사랑하는 사람의 마음은 아무도 모른다

누가 감히 누구의 슬픔을 가늠하겠니

무게로 재거나 맛을 보거나 향을 맡거나

하나님도 그런 건 못할 거 같은데

너는 꼭 내 마음을 맛본 거 같다

나는 이제 섬길 사람이 없다

# 뒤로 가기

zzzzzzzzzzzzzzzzzzzzzzzzzzzzzzzzzzzzz

dk dho dks ehlwl

qkqhdi zjsxmfhfdmf snffjdiwl

아 고마워

# 나는 말이야

그런 거 싫어해
이런 거

마음에도 없는 거 자꾸
나한테 갖다주고 나를 힘들게 해

아니야? 이것도 아니야.
수없이 억눌려왔던 감정은
너의 말 한 마디에 쏟아지듯 터져 나왔다

# 병

나는 병원에 가야 하니 교회에 가야 하니

아니, 종교를 바꿔볼까?

절에 갈까 성당에 갈까 교회에 갈까

나 돼지고기 그까짓 거 안 먹어도 되는데
이슬람교 어때? 장난 반 진심 반

거기도 완전 꽉 막혔구나 그럼 그냥 나 무교할게

나 모태신앙이거든 근데 그냥 무교할게

나 사실 너만 있으면 돼

근데 사람들이 자꾸 나보고 뭐라고 해

그래도 난 너만 있으면 돼


그래 같이 삼겹살이나 먹으러 가자


나도 사랑해

# 가끔은

엄마 나도 내가 왜 이렇게 태어났나 싶어

다른 건 다 보여줘도
이 글만큼은 안 보여주고 싶은 이유는
엄마가 나를 너무 사랑해서 그래

엄마가 나를 좀만 덜 사랑했으면 좋았을 걸

엄마는 항상 내가 제일 먼저인 사람인데
나는 엄마 닮아서 나도 내가 제일 먼저야

내가 어릴 적부터 교회를 다닌 이유도
종교 있냐는 말에 모태신앙이라고 답하는 이유도

나도 엄마를 사랑해서 그래

엄마 나도 내가 좀만 더 평범했으면 좋겠다

저기…

제가 이 세상에 안 어울린다고 생각하시나요?

겉으로 막 티 나요?

저보고 기운이 좋다면서요
인상이 좋다면서요

됐어요 저도 그런 거 안 믿어요

# 야 너

목에서 막 피 나
후드에 피 다 묻었다
이걸로 닦을래?


니가 그 날 나한테 휴지를 건네지만 않았어도
나는 평생 믿어온 하나님을 저버리지 않았을 거다


니가 바보라고 놀릴 땐 그렇게 짜증났는데 이제는
바보라도 되고 싶어


뭐라도 좋으니까 그냥 너의 일상에 0.1%라도 존재하
고 싶다

# 망상

나는 니가 하는 말이 다 니 머릿속에서 나온 망상인
줄 알았지
내가 어리석었던 걸지도 모른다

그때 니가 한숨 쉬며 짓던 표정을 아직도 기억하는데
나는 거기에 울음이 섞여있던 걸 이제야 알았네

# 찾아왔어요

내가 안겨 울던 때가 엊그제 같은데
왜 이제 내가 안기면 그리 버거워 보이시는지

그래서 찾아왔어요
이제 내가 안아드리려고

넘어지려 하면 잡아주고
상처라도 나면 두 손으로 감싸쥐고 호 해드리려고

내가 받았던 거 돌려드리려고 찾아왔어요

# 자락

아슬아슬하게 서있으면 꼭 잡아주고 싶잖아
그렇게 버티고 서있으면 나는 달려가서 안아주고 싶다

## 너는 나를

언젠가 내 눈물을 보게 되면
너는 나를 사랑하게 될 거야

나는 그래도 그게 싫다

나는 너 없는 하루에 대해 상상조차 못하는데
너는 아무렇지 않게 하루하루 살아갈 거라는 게

언젠가 내 눈물과 마주할 너를 위한 글

# 핑키

석류를 입 안 가득 물고 와그작
피인지 즙인지 세상을 적시면
하늘이 아름답구나 나는 날아간다

# 출입구

날 스칠 듯이 떠나가다가 멈춰 서는 너
늘 그랬던 것처럼 너에게로 고개를 돌리면

미소 짓는 네가
날 보며 또 네가

무너져 내린 사랑에 눈물 흘리잖아

우리 사이를 사랑이라 이름 짓던 너
한 순간이라도 너에게 내가
사랑이라고 불릴 만한 존재였을까

그랬다면 지금처럼 아프지 않았을까

# 데자뷔

니가 말한 모든 것들이 나에게로 찾아왔다

니가 내 귀에 대고 속삭였던 그 모든 말들이
나를 지겹도록 찾아와 내 주위에서 맴돌아

약에 취한 거라면 차라리 그게 좋겠다

내가 무슨 말을 하려던 건지도 잊어버린 지금
내 귀에 들리는 너의 목소리를 받아 적는 지금

나는 정말 이대로 무너질지도 몰라

# 소음 차단

고요 반 노이즈 반의 사운드 속에서
너의 숨소리를 찾으며 나는 또 잠에 들겠지

# 너에게서

너를 파헤쳐 한 움큼 꺼내었다

사랑을 광명을 희망을 의지를

너의 죽음 안에서 영광을
한 움큼 꺼내 마셨다

영원하자 영원히 영원하리

# 유통기한

내 영혼의 제조일자는 지구가 태어나기도 전인데
당신을 만나려고 아직까지 부패되지 않고 끈질기게
버텼나 보다

내 피가 멈추는 날까지 당신이 쉬지 않기를

내 마지막 숨을 당신이 먹어 치우기를

# 평생

한없이 따사롭고 아름다운 사람아

부름이 있는 날까지 나와 함께 꽃잎을 세어요

집 앞 공원 진달래꽃 철쭉 뭐든 좋고
민들레 한 송이 함께 불며 놀아요

지금까지 살아온 대로
평생을 우리 함께 시들지 않게 지지 않게

# 이런 것들

너와 나의 모든 게
설계라도 된 것처럼 꼭 들어맞는다?

이런 거 운명이라고 하지 않나

마음대로 부를 거면 나 줘, 나는 사랑이야

# 밀랍인형

미친 듯이 사랑만 나누다가
육연발식 리볼버에 심장을 관통 당하고

우리는 에로한 거야?
애로한 걸지도…

# 불면

너의 무릎을 베고 누워 잠에 들면
네가 중얼거렸던 노래들을

잠결에 흘려보낸 멜로디를
집 가는 길 나도 모르게 흥얼거렸을 때

단순하게 반복되던 가사들을
노트 한구석에 끄적이며 되새겼을 때

닳고 닳아 잊어버린 가사들을
다시 들어볼 수 없다는 걸 알았을 때

폭풍우가 몰아친다!

네가 쏟아붓던 것들이 사랑임을 눈치챘을 때
이미 그것들은 흐르고 흘러 바다 하나를 만들어냈다

나는 수영을 못하는데

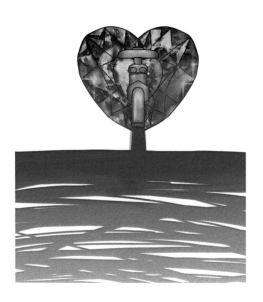

# 내 거

다 구겨졌잖아 어떡할 거야
나는 니가 말 한마디도 못 알아듣겠어

뭐라는 건지 하나도 모르겠어

그냥 이렇게 살고 싶다

# 타임캡슐

특별한 날에 특별한 일이 일어나지 않으면
그건 특별한 날이 아니게 되는 거야?

어디든 처박아 둬

특별하지 않은 거,
언젠가 찾으러 갈 일이 있을 거야

# 발자국

사랑이 밟고 간 자리에 나만 남아
흔적을 따라 뛰며 숨결 하나라도 찾으려고

이런 건 함부로 탐내는 게 아니란다
너만 남아 이 자리에서 발로 자국들을 훑으며

안녕히 계십시오

# 이거

우리는 락스타의 노래를 함께 듣고
뜻 모를 외국어투성이의 노래들을 좋아하면서

이게 어떻게 사랑이 아니야
아니잖아 너 나 사랑하잖아

그래 그냥 차라리 계속 모른 척해
니가 날 흔들면 나는 그대로 주저앉고 싶어져

# 밀랍인형 2

불에 녹아 진득해진 밀랍인형 위에서
사랑을 나누자

너는 내 귀에 대고 속삭이겠지

-우리는 에로한 거야?
-애로한 걸지도…

무슨 말인지도 모르면서
내 목을 끌어안고 입 맞추겠지
우리의 사랑에서는 담배 맛이 나

네가 나를 그런 눈으로 바라보면
내가 너를 어떻게 망가뜨릴 수가 있겠니

우리의 사랑이 하늘에 닿아

온 세상에 내릴 때까지

우리는 이걸 태우고 태우고 태우고 태우고


다 태워버리고

# 달

예뻐서 걸어봤어

손가락도 사진도 인생도

그러다가 내 목도

# 내가요

내가 화내도 사랑해줘요
나는 심약해서 잘 놀라니까 나한테 화내지 말아요

내가 울어도 사랑해줘요
빨개진 눈으로 퉁퉁 부은 입술로 투덜거려도

나만을 사랑한다고 말해줘요

# 너에게 츄

니가 내 위로 폭삭 가라앉아 버리고
니가 떠난 자리 위에 눈물이 그득그득 고이고

번들거리는 입술로 너에게 입을 맞추면
너는 거칠게 튼 입술로 나에게 모진 말을 내뱉지

# 나에게 츄

나에게 사랑한다 속삭여줘

정신없이 기침이 나오고
너는 곧 너의 혀에 숨을 잡아먹힐 거야

그럼에도 사랑스럽단 눈빛으로 나에게 입 맞춰줘

## 밀랍인형 3

너의 손을 잡고 골목 사이사이를 가로 질러 뛰었다.
더 이상 따라 붙는 발소리가 들리지 않을 때까지, 달
도 없는 새벽에 골목 안이 우리의 숨소리로만 가득 찰
때까지. 가로등마저 고장 나 그야말로 어둠에 잡아먹힌
우리 둘이 한없이 우스웠다. 쓰레기 더미에 묻혀 서로
의 숨을 잡아먹고 버티던 우리는 결국 담을 넘어 주인
모를 집의 지붕에 올라갔다. 가을 공기에 차갑게 식은
지붕을 밟을 때마다 소름이 돋았다. 신발 한 짝 없이
상처 투성이 발을 한 너를 안고 누워 밤하늘에 별을
셌다. 너는 내 심장에 귀를 대고 입술을 뻥끗거리는데
나는 우물대는 소리를 들으며 잠에 들 뻔했다.

-이거 해볼래?

너의 얇은 가죽재킷 안에서 나온 육연발식 리볼버
하나, 너는 어떻게 쓰는 방법도 모르면서 겁도 없이 홈

처와서는. 헛웃음 짓는 나에게 짜증이 난 것처럼 너는 방아쇠를 겨누고 나를 부추겼다. 너의 찬 손을 잡아 내려 심장에 총구를 겨눴다.

-우린 애로한 거야.

너는 내 말을 평생 이해하지 못할 거다. 기껏해야 마을 도서관에 몇 백 원을 내고 들어가 백과사전을 뒤져 보거나 누군가 분리수거함에 쳐박아둔 전자사전에 수도 없이 철자를 틀려가며 검색하는 것. 나는 그런 너를 죽도록 사랑했고 사랑하고 사랑하겠지. 뜨겁게 달궈진 총알이 내 심장을 관통하면 너는 내 머리를 감싸 안고 펑펑 울 것이다. 더 이상 너의 눈물을 닦아줄 수가 없구나.

고요한 머릿속에 너의 울음 소리가 울려퍼진다.

# 타오르는 별

저 넓은 우주에는 생겨나자마자 소멸하는 별도 있어. 지구보다 나이 많은 별은 물론 우주가 태어나는 순간부터 함께해온 별도 있어.

블랙홀은? 들어가 봤어?

나도 모르는 사이에 들어갔다 나온 적도 있겠지, 한번 쯤은….

너는 그럼 지구보다 나이가 많아?

지구의 할아버지의 할아버지의 할아버지의 할아버지 쯤은 되겠다.

그럼 대체 몇 살이야?

나는 나이가 없어. 이 우주랑 함께 태어났고 이 우주
랑 함께 죽어가겠지.

부럽다. 나도 그렇게 오래 살 수 있었으면….

나는. 나는, 네가 부럽다.
너의 마지막엔 내가 존재하겠지만
나의 마지막엔 네가 없을 거라는 게.

## 소제목

바스락거리는 이불을 덮고 매캐히 담배를 태우는 우리는 한없이 초라하다. 나는 그럼에도 불구하고 이 모습이 사랑스러워. 더러워? 추잡해? 나는 그런 거 상관 없다. 그저 너랑 함께 연기를 뱉고 함께 숨을 들이마시는 이 순간을 사랑해.

## 이름을 부르면

나는 단 한 번도 나를 사랑해 본 적이라곤 없는 사람
인데
네가 자꾸 내 이름을 그렇게 부르면
나는 그냥 나인 것만으로 내가 사랑스러워진다
나는 내가 나라는 이유만으로 나를 미워할 수가 없다

네가 그렇게 나를 다정하게 불러주면
나는 내가 뭐라도 된 거 같다

# 네가 만들었어

꽃밭 헤집고 다녀서 겨우 찾았다.

바보 잔디밭을 뒤져봤어야지.

너 하나에 무식하게 온 세상 다 헤집어버릴 나를
네가 만들었어

# 네잎 크로바

왜크로바라고해?발음이부드럽잖아.나는잘모르겠
어.이상해.네가더이상해.그래우리둘다이상해.우리둘다
바보다.우리제법잘어울리는 듯.

# 춤

죽은 자와 추는 마지막 춤
힘껏 손 뻗어도 스칠 곳 없네

내 손이 투명하게 빛나면
그건 너와 주파수가 우연히 일치했다는 뜻

# 만약에 그랬다면

그냥 물어보는 거예요, 나에게는 악의가 없다.
내가 어떻게 너에게 악의를 품을까

차라리 그랬다면 좋겠다

어렵네…

사랑이란 게 존재하나?
어떤 의미와 형태라도 나에겐 어려운 말들

세상에서 가장 어려운 말투성이
애정 사랑 생명 용기 존중
어쩌면 그 이상의 온갖 따듯한 것들

나에겐 불가능투성이라 받아들일 수조차 없었다.

# 부적 2

지구 딱 두 바퀴를 돌아도 고작 8만 킬로
근데 너는 그거보다 자그마해

수백 수천 아니 수억 개의 조각으로 갈라져 너의 몸
속을 돌아다니고
너는 나를 병 취급하며 기침을 마구 해대지

그러게 나를 왜 찢어버렸어

그런

끝도 없이 달콤한 이 꿈

칠흑같이 어두워서는 깰 줄을 모른다
그럼에도 영원하고파

이런 꿈이라면 영원히 잠겨도 상관없으니까

# 초월해

나는 너의 첫 번째 탄생부터 세 번째 죽음까지 쭉 지켜봐왔다

사실 나라고 특별한 능력이 있는 것도 남들하고 다른 점이 있는 것도 아니야

오히려 보통 그 이하일 수도 있겠지

그런데도 나는 내 모든 걸 초월했다

이 땅
이 나라
이 지구를 넘어 이 우주를
네가 들어가 본 적 있냐 물은 그 블랙홀도
그 모든 걸 초월해 너의 네 번째 시작을 기다린다

앞으로 있을 너의 시작과 끝에 영원히 내가 함께하길

## 밀랍인형 4

교복을 입은 관람객들에게 장난감 총을 드립니다!

팝콘 라지+콜라 2잔 세트 6$

내가 졌다 졌어. 그렇게 올망졸망한 눈을 보고 거절할 사람이 이 세상에 어디있을까. 그냥 무작정 스트랩이 닳아 너덜해진 손목시계를 한 번 보고 창밖을 훑었다, 런던 런드리. 꽤나 우스운 이름의 세탁소를 발견하고는 너를 벤치에 앉혀놓고 계단으로 뛰었다. 영화 시작까지는 대략 10분, 변수만 없다면 충분히 여유가 있다. 낮은 상가 건물 2층의 세탁소에 들어가는 건 식은 죽 먹기였다. 1층의 중국풍 레스토랑 실외기를 밟고 뛰어올라 가볍게 난간에 매달렸다. 런던 런드리-나름 유머를 노리고 지은 듯한 이름, 영국 사람이 운영하는 세탁소도 아니다.-의 주인은 지금 배달을 나간 모양이었다. 창문 가까이 걸린 하이스쿨 교복 두 개를 낚아

채 뛰어내렸다. 다시 영화관 건물을 향해 달리는데 건물 바깥에서 보이는 익숙한 실루엣 하나. 가쁜 숨을 몰아쉬며 천천히 다가갔다.

-어디 간 줄 알았어.
-내가, 하아…. 어딜 가.

나를 두고 간 줄 알았어- 하며 축축한 눈으로 안겨오는 너에 내 심장이 저 밑으로 쿵 떨어졌다. 내가 뭐라 입을 떼기도 전에 네가 내 손에 들린 하이스쿨 교복을 보고 헉 소리를 냈다. 멋쩍게 웃으며 건네니 네가 눈물 자국이 그어진 얼굴로 웃었다.

다행히 입장 시간 전에 아슬아슬하게 도착, 구깃한 6$를 매표소에 두고 눈을 다 접어가며 웃는 너에게 매표소 직원이 재밌게 관람하십쇼- 하며 손목에 도장을 찍어주었다. 그리고 종이봉투 안에 가득 담긴 팝콘. 잠시 멈칫하고 기웃거리는데 직원이 콜라 두 잔과 장난감 총을 하나 쥐여준다. 너는 고개를 꾸벅 하고는 영화관

안으로 종종걸음. 영화가 끝나면 야식으로 아까 그 중
국풍 레스토랑에서 꿔바로우를 먹어야겠다.

우리의 생에 처음이자 마지막 특별한 하루였다.

# 알지

알긴 아네?

그 한마디에 모든 걸 잃어버린 내가

# 새

문틈 새로 새어나온 불빛 하나에 의존해서 너는
얼마나 많은 눈물을 잘게 잘게 흘려냈을까

하니

우리 사랑은 허름한 모텔 방에 놓인

물 한 병 같아

그게 세상 제일가는 포르노이기 때문에

# 연못

살 끝에서 번져오는 너의 핏물이 아기자기해서

잉어 한 마리 둥둥 새겨 놓고

평생 키워주고 싶다

moooooood

그 노란 장판 꿉꿉한 냄새 나는 몇 번을 헹궈도 사라지질 않던데

너는 그걸 어떻게 다 지웠어? 너는 그걸 어떻게 다 잊었어

# 영혼

네가 나의 얼굴을 향기를 그러다가 내 존재를 잊어버려도

우리 함께 누워 담배 피우던 그 기억은 평생 너를 졸졸 따라 다니며

무덤에도 함께 묻힐 거야

# 아무것도 아닌 게

너에게 별것도 아닌 게 아무것도 아닌 게

내 전부라서 나는 나를 죽였다

# 베이킹

섭씨 오천 도 우리 사랑이 녹아 붙어서
자 이제 우린 하나지,
너는 대답을 할 수가 없겠지만

퓨


사랑이 달고 달아서 머리가 다 아픈 거 같았는데

그게 다 담배 맛이었다지


평생을 그렇게 살았군

# 빈틈

반쯤 남은 소주병을 꺼내 흔들어 보이는 지친 표정
나는 그녀의 낡은 펜디 가방을 사랑했다

# 화상

나는 대체 너에게 뭘 바란 걸까

눈물을 흘려 보내 불을 끄던
너를 안고 몸을 던져 함께 타오르던

나는 내 불에 데었다

# 나의 일군

세상에서 가장 사랑스러운 사람과
세상에서 가장 아름다운 사람의 섹스

우리는 정열적으로 그것을 나누는 장면을 목격했다

# 끝없이

너와 함께 바닥까지 가고 싶다

가장 깊은 곳 어디로 손끝을 맞닿은 채
머리부터 발끝까지 망가지도록 파고들고 싶다

어쩌면 너에겐 당연하게도

나는 항상 붕 떠있어
끝없이 너의 뇌 속을 비행하네

그리고 깊은 눈동자 속으로 낙하

## 소유욕 혹은 사랑

내가 너를 볼 때마다 드는 이 감정
아직도 모르겠어

그럼에도 불구하고 한 가지
그런 마음을 짊어지고도 나는 너를 안고 싶다

보험…

난 가만 보면 너에게 해로운 것 같아.

그럴 리가. 담배 같긴 하다.

그거 안 좋다는 뜻 아니야?

그래도 나는 영원히 못 끊을 테니까요.

좀 끊어.

뭐를요? 담배?

담배도. 나도.

난 못해요, 담배는 끊어도.

노력해 봐.

이대로 죽고 싶어요.

사랑스럽지 않나요.

부끄러워.

사랑스러운 것 같아요.

해로운 것 같아.

…

그리고 사랑해.

# 소란

어깨를 펴 팔을 뒤로 뻗어 봐도
너의 솜털 하나 내 손끝에 닿질 않고.

저기요 아저씨 저 이렇게 생긴…
아, 여기, 이렇게 생긴 사람 본 적 없어요?

화면 다 깨진 구식 터치폰에 조각조각
픽셀투성이 사진을 보여 봐도

행인은 절레절레. 이상하다. 어디 갔지.

어디. 어디에.

# 너 너

나는 그런 거 안 믿어

특히 이런 상황은 더 안 믿는다고

너의 눈동자가 흔들리고
그 안에 나까지 휘청휘청

나는 이런 거 안 믿어

진짜 최악

ㅠ

사랑에 빠졌다
숨을 쉴 수가 없어

보고 싶다는 네 글자에 사랑해를 눌러담아
너에게 츄
보낸다

# 너를

내 입 안 가득 너를 머금고

숨을 토해내는데 다정하게
눈물 닦아주는 네가 싫다

휴지로 꾹꾹 눌러 내 얼굴을

아 아 내 얼굴 구겨지겠어

# 왜 왜

나는 너의 치부야
너는 나의 약점이지

너는 나를 사랑할 수 없고
나는 너를 사랑할 수밖에 없고

빨개진 손을 내밀어도
먼지 한 줌 쥐어줄 수가 없다

빈손을 움켜쥐고 말하네

나는 너의 치부이지

## 그런 그런

너 인공눈물 넣고 눈물인 척하지 않아도 되게 해줄
사람 만나

# 나의 말엔

나의 말엔 가시가 있어서 너를 찌르고

너는 피 뚝뚝 바닥을 물들이면서 나를 끌어안고

그런 나에게 끝도 없이 빨간 게 쏟아진다

나는 수영을 못한다니까

내가 너에게-

내가 너에게 입을 맞추면 넌 어떻게 해

1010년 10월 10일 10시 10분 하늘을 열자

# 속

내가 말했잖아 이건 아니라고

너는 이게 사랑이야?
나는 이거 사랑 아니야
너도 알잖아
이거 사랑 아니야
흔들리는 눈동자 속에 일그러진 내 얼굴이 안 보여?
이건 사랑이 아니야 너도 나도 사랑이 아니야

너의 속옷에 얼굴을 처박고 웅얼웅얼
너는 내 머리를 쓰다듬는다

# 불시착했습니다

네가 만약, 나의 꿈에 불시착한다면.

우리는 함께 잔디밭 어딘가에 누워
별을 바라보면서
단내 폴폴 나는 담배를 나눠 피우겠지

일어나보니까 우리는 선착장 한가운데에 서 있다

천천히 걸으면서 물결치는 바다에 잠긴 달을 보면

달이 왜 바닷 속에 있어?
달은 원래 바다에 있어.

어느새 우리 손에는 차 한잔씩 들려 있으니 이제 내
얘기를 해줄게

밀랍인형이 나오는 꿈을 꿨어요.
담벼락 위에서 다 녹아 진득해진
밀랍인형을 끌어안았고
우리는 정열적으로 그 위에 올라타
섹스를 했어요.

단맛 없이 쓰기만 한 담배를 입에 문 채 육연발식 리볼
버에 총알을 장전해서 서로의 머리에 겨누고 미친 듯이
웃는 우리가 너무 아름다워서

아직도 나는 그 꿈속에
그리고 너는 이 꿈에